I0546696

AU PLUS OFFRANT

COMÉDIE-VAUDEVILLE EN UN ACTE

PAR

JULES VAN GAVER

DE LA SOCIÉTÉ DES GENS DE LETTRES.
MEMBRE CORRESPONDANT DE L'ACADÉMIE DE MARSEILLE
ET DE L'ASSOCIATION LILLOISE
POUR L'ENCOURAGEMENT DES LETTRES ET DES ARTS.
ANCIEN MEMBRE DE L'ATHÉNÉE DES ARTS.

Mise en scène par M. GIREL

Représentée pour la première fois à Marseille, sur le Théâtre Chave, le
29 décembre 1864, sous la direction de MM. Girel et Bestagne.

Prix : 1 Franc.

EN VENTE
CHEZ LES PRINCIPAUX LIBRAIRES.

1865.

AU PLUS OFFRANT

COMÉDIE-VAUDEVILLE EN UN ACTE

PAR

M. JULES VAN GAVER

Mise en scène par **M. GIREL.**

Représenté pour la première fois à Marseille, sur le Théâtre Chave, le 29 décembre 1864, sous la direction de MM. Girel et Bestagne.

Prix : 1 Franc.

EN VENTE

CHEZ LES PRINCIPAUX LIRRAIRES.

1865.

PERSONNAGES.

MARTINEAU, *commissaire de police*	MM.	Décourty.
Gustave DELCOUR.		Monbrun.
Le comte DURONCIN (60 ans).		Odinot.
FRICOTEAU, *cuisinier*		Eug. Ciron.
RONDELET, *homme d'affaires de Delcour*		Routier.
JULIETTE, *fille de Martineau*	Mmes	Marguerite.
La tante ANGÉLIQUE, *sœur de Martineau*		Décourty.
Un Brigadier de Gendarmerie	MM.	Roux.
Un Domestique		Poyard.

AU PLUS OFFRANT

COMÉDIE-VAUDEVILLE EN UN ACTE.

(La scène se passe à Arras, dans la maison de Martineau. — Le théâtre représente un salon, avec une grande porte au fond, toujours ouverte, donnant sur un jardin dont on voit le mur de clôture. — Deux autres portes latérales.)

SCÈNE Ire.

Le comte DURONCIN, la tante ANGÉLIQUE, JULIETTE. FRICOTEAU (*dans le fond*).

ANGÉLIQUE.

Ainsi, monsieur le comte, votre noblesse.....

DURONCIN (*avec emphase*).

Se perd dans la nuit des temps, ma future tante !... Un Duroncin figurait à la cour du roi Dagobert.

JULIETTE (*riant*).

Ah! le bon roi Dagobert !... plaisant prince !

DURONCIN.

Pas si plaisant, mademoiselle ! Il gouvernait fort sagement.

ANGÉLIQUE.

Pourtant il a mis bien des choses à l'envers.

DURONCIN.

Chansons que tout cela! (*Apercevant Fricoteau qui fait de grands saluts, le bonnet blanc à la main*). Ah! c'est toi , Fricoteau!... Que veux-tu?

FRICOTEAU.

Je vas me permettre, monsieur le comte !.... mes félicitations au vis-à-vis... de votre mariage... contre mamzelle Martineau.

DURONCIN.

C'est bien, mon ami, c'est bien ! (*A Juliette*). C'est le fameux Fricoteau, cuisinier du ministère sous la Restauration... Une espèce d'agent diplomatique, tant ses dîners ont influé sur les affaires de l'Etat.

FRICOTEAU.

Bien bon, monsieur le comte!... C'est pas l'embarras, mes dindons truffés et mes plumpuddings ont diablement aidé au triomphe des bons principes.

AIR du *Code, ou intérieur d'une étude*.

Dans maint dîner diplomatique
J'ai flatté les goûts, tour à tour,
Des ogres de la République
Et des pique-assiettes de cour (*bis*).
Oui, j'ai su, quoi qu'on puisse en rire,
Rallier les opinions ,
Et sans vanité je puis dire
Que j'ai fait bien des liaisons (*bis*).

JULIETTE (*riant*).

Monsieur Fricoteau est un profond politique.

FRICOTEAU.

Dam! Quand on a passé dix ans à la cour!

ANGÉLIQUE.

A la cour?

FRICOTEAU.

Oui, dans les cuisines.

ANGÉLIQUE.

Ah! c'est juste!... Et pourquoi avez-vous quitté la cour?

FRICOTEAU.

Ah! pourquoi!... les intrigues, la jalousie... (*mystérieuse-ment*): Ces basses offices, c'est une caverne!... Quand on est monté si haut que ça, faut tomber, n'y a pas de milieu... Voyez plutôt nos ministres!

DURONCIN.

Fricoteau!

FRICOTEAU.

Monsieur le comte!

DURONCIN (*avec emphase*).

Je te protège!... tu feras le repas de noce.

FRICOTEAU.

Ah! monsieur le comte! quel honneur!

DURONCIN.

J'espère que tu vas te surpasser.

FRICOTEAU.

Les invités vous en diront des nouvelles... Je compte sur des masses d'indigestions.

DURONCIN.

Nous verrons cela!... En attendant, va te mettre à l'œuvre, c'est pour après-demain.

FRICOTEAU.

Tout sera prêt, monsieur le comte!... Je vas charger mes

fourneaux et dresser mes batteries de cuisine. (*Il sort en fai-
sant de grands saluts*).•

DURONCIN.

Et moi, je vais faire mes dernières emplettes. Belle Juliette,
au revoir ! (*Offrant le bras à Angélique*) : Tante vénérable, seriez-vous assez bonne pour m'aider de vos lumières ?

ANGÉLIQUE.

Volontiers, monsieur le comte. (*Ils sortent ensemble*).

SCÈNE II.

JULIETTE (*seule*).

Voilà donc le mari que mon père me donne !... Il est riche,
dit-il... oui, mais il est vieux... il est laid... il est ridicule...
Ah ! quand je me rappelle ce bal, où pour la première fois je vis
monsieur Delcour... ce beau jeune homme que ma tante me
présenta, et qui me fit danser toute la nuit....

AIR : *En vérité, je vous le dis.*

Hélas ! je n'oublirai jamais
Son doux regard, sa voix si tendre :
J'étais heureuse de l'entendre,
Car je sentais que je l'aimais :
Mais la volonté paternelle
Brisant mon bonheur sans retour,
M'impose une chaîne cruelle...
Adieu mon beau rêve d'amour !

Oh ! quand j'y songe, il me prend un si grand serrement de
cœur... un désespoir si amer... que je suis tentée d'aller me
jeter aux genoux de mon père... de lui demander grâce...
Mais que je lui dirais-je?... sais-je seulement si monsieur Delcour se souvient de moi?... Oh ! quene donnerais-je pas pour le
revoir !... (*En ce moment, Delcour franchit le mur de clôture,
saute dans le jardin et s'avance vivement vers le salon. Au bruit,
Juliette se retourne avec effroi, pousse un cri et se réfugie à un
coin du Théâtre*).

SCÈNE III.

DELCOUR, JULIETTE.

JULIETTE.

Ah!!! Ah! mon Dieu!...

DELCOUR.

Ne craignez rien!... je ne suis point... (*Reconnaissant Juliette*): O ciel! c'est elle!

JULIETTE.

Monsieur Delcour!... Oh! que vous m'avez fait peur!... vous ici?... et par quel chemin!...

DELCOUR.

Il est peu usité, je l'avoue... mais je n'avais pas le choix.

JULIETTE.

Je suis encore toute tremblante.

DELCOUR.

Je conçois... quand les gens vous tombent des nues.

JULIETTE.

Mais expliquez-moi donc....

DELCOUR.

Vous rappelez-vous cette soirée où j'eus le bonheur de vous voir? *(avec expression).* Oh! pour moi, je ne l'oublierai jamais!

JULIETTE *(timidement).*

Oui, Monsieur.... je m'en souviens.

DELCOUR.

Dès que vous eûtes quitté le bal, je tombai dans une profonde tristesse et ne voulus plus danser.... Un jeune homme, qui nous avait observés toute la nuit, se permit de lancer sur moi des traits malins.... Je le relevai vivement... Un duel s'en suivit...

JULIETTE.

Un duel!!!

DELCOUR.

Qui a eu des suites bien funestes !... j'ai blessé à mort mon adversaire.

JULIETTE.

Quel affreux malheur !

DELCOUR.

Son père, au désespoir, a juré de le venger : un mandat d'arrêt a été a été lancé contre moï; averti par un ami que les gendarmes se dirigeaient vers ma demeure, je n'ai eu que le temps de me sauver à la hâte, j'ai gagné une rue peu fréquentée, j'ai escaladé au hasard le mur d'un jardin que j'ai trouvé devant moi... (gaîment) et me voilà !..: un peu essoufflé peut-être.... mais trop heureux d'être auprès de vous.

JULIETTE.

Vous ne pouviez choisir un plus dangereux refuge.

DELCOUR.

Où suis-je donc?

JULIETTE.

Chez Monsieur Martineau, commissaire de police, chargé de vous arrêter.

DELCOUR.

Alors je suis perdu !

JULIETTE.

Me croyez-vous capable de vous vendre ?

DELCOUR.

Oh ! non, non !... au contraire, vous serez mon ange sauveur... et lorsque je vous aurai dû la liberté... peut-être la vie... oh ! permettez-moi de vous les consacrer à jamais !...

JULIETTE (avec tristesse).

Hélas ! il n'est plus temps !

DELCOUR.

Que dites-vous?... ne seriez vous plus libre?

JULIETTE.

Après-demain j'épouse Monsieur le comte Duroncin.

DELCOUR.

Grand Dieu !

MARTINEAU (dans la coulisse).

Juliette ?

JULIETTE (avec effroi).

Mon père !... nous sommes perdus !... où vous cacher ?

DELCOUR.

Nulle part, Mademoiselle... ne craignez rien, votre père ne m'a jamais vu.

JULIETTE.

Mais que lui direz-vous ?

SCÈNE IV.

DELCOUR, JULIETTE, MARTINEAU

MARTINEAU (il entre en appelant).

Juliette ?... Juliette ?...

JULIETTE.

Mon père ?...

MARTINEAU.

Réponds donc !...... voilà un quart-d'heure.... (apercevant Delcour qui le salue). Ah ! Monsieur !... (Il salue à son tour). Pardon ! je ne vous voyais pas.

DELCOUR (embarrassé).

C'est à Monsieur Martineau que j'ai l'honneur. .

MARTINEAU.

A lui-même, Monsieur.

DELCOUR (de même).

Monsieur Martineau. ., commissaire de police ?...

MARTINEAU.

Oui , Monsieur.

DELCOUR (de même).

Un homme.... respectable.... et respecté....

MARTINEAU (à part).

Voilà un gaillard bien empêtré !... (haut, avec un peu de brusquerie). Puis-je savoir, Monsieur, ce qui me procure l'honneur de vous voir?

DELCOUR (d'un ton ferme).

Volontiers , Monsieur!... vous mariez votre fille à Monsieur le comte Duroncin?

MARTINEAU (brusquement).

Eh bien !

DELCOUR.

Je suis son cousin.... et j'arrive de Paris pour le complimenter.

JULIETTE (à part).

Comment sortira-t-il de là ?

MARTINEAU (radouci).

Ah! Monsieur! pardon !... je ne pouvais vous reconnaître , ne vous ayant jamais vu.

DELCOUR.

C'est ce que je me disais.

MARTINEAU.

Si je vous avais su ici... (à Juliette) Pourquoi ne pas m'avertir?

JULIETTE (embarrassée).

Monsieur ne fait que d'entrer....

DELCOUR.

Et sans avoir été annoncé... j'étais si pressé d'embrasser mon cousin, que je suis descendu ici en droiture, par la voie la plus prompte....

MARTINEAU.

Par la vapeur ?

DELCOUR.

Grande vitesse.

MARTINEAU.

La belle invention !... si ce n'était que de temps à autre on saute en l'air, rien de plus commode.

DELCOUR.

Encore sommes-nous arriérés en France... mais on s'y habituera...

MARTINEAU.

A sauter en l'air ?

DELCOUR (*continuant*).

On perfectionnera cet admirable système.

MARTINEAU.

Cela viendra peut-être.... rien d'impossible au génie de l'homme.

DELCOUR (*à part*).

Je croirai cela si je me tire d'ici.

JULIETTE (*à part*).

Je suis sur les épines !... si Monsieur Duroncin revenait .. (*haut*). Mon père, Monsieur a peut-être besoin de repos.

MARTINEAU.

C'est juste !... un voyageur... voulez-vous que je vous conduise dans ma chambre ?

DELCOUR.

Non, non !... permettez-moi seulement de m'absenter une demi-heure pour réparer le désordre de ma toilette... elle a un peu souffert de la rapidité du voyage... Cela donnera à mon cousin le temps d'arriver.

MARTINEAU.

Eh! justement le voici!

DELCOUR (à part).

Quel contre-temps!

JULIETTE (à part).

Tout est perdu!

SCÈNE V.

LES MÊMES, DURONCIN.

MARTINEAU.

Monsieur le comte, voici Monsieur votre cousin qui vient de Paris tout exprès...

DURONCIN (répondant aux grands saluts de Delcour).

Monsieur est mon cousin?

DELCOUR.

Vous l'avez dit, Monsieur.

DURONCIN.

Ah! ah!... je n'avais pas l'honneur de vous connaître.

DELCOUR.

Je le crois bien!... Il y a longtemps que vous n'êtes allé à Paris?

DURONCIN.

Vingt ans au moins.

DELCOUR.

J'étais au berceau.

DURONCIN.

C'est cela!... Seriez-vous, par hasard, le fils de mon cousin le baron de Châteauville?

DELCOUR.

Justement, mon cousin!... (à part) va pour Châteauville!

DURONCIN.

Que je vous embrasse, mon cher!... Comment va votre excellent père?

DELCOUR.

A merveille!... toujours gros et gras.

DURONCIN.

Comment! gros et gras!... il est donc bien changé?... Il avait à peu près la rotondité d'un hareng.

DELCOUR *(à part)*.

Diable!... (haut) dans vingt ans... on grossit.

DURONCIN.

C'est juste!... et toute votre famille, donnez-m'en des nouvelles en détail.

DELCOUR.

En détail... C'est inutile, puisqu'elle va très-bien en bloc.

DURONCIN.

Allons, tant.mieux! (*examinant Delcour*) Oui!... il y a, en effet, en vous quelque chose de ce bon Châteauville.

DELCOUR *(à part)*.

Ah! par exemple!. . (haut). Une ressemblance éloignée.

DURONCIN.

Ecoutez donc! ce n'est pas étonnant!... Chacun est fils de son père. — *(En ce moment un brigadier de gendarmerie entre et se tient au fond du théâtre).*

SCÈNE VI.

Les mêmes, Le Brigadier.

MARTINEAU *(à Delcour)*.

Allons, Monsieur de... de... *(Il cherche le nom en regardant Delcour comme pour lui demander de venir en aide à sa mémoire. Delcour, qui ne s'en souvient pas lui-même, feint de ne pas comprendre.)* Aidez-moi donc!... Monsieur de... de...

DELCOUR *(embarrassé)*.

Eh bien!... Gustave de .. de... de chose...

JULIETTE *(bas à Delcour)*.

De Châteauville.

DELCOUR *(que n'a pas bien entendu crie très-fort)*.

Hé ?...

DURONCIN.

Ah ça! jeune homme! auriez-vous oublié votre nom?

LE BRIGADIER *(à part)*.

Voilà un particulier qui me fait un drôle d'effet... c'est du suspect... écoutons.

DELCOUR *(riant avec embarras)*.

Ah! ah! ah! ah!... ce serait plaisant!...

DURONCIN.

Morbleu! mon cousin! le nom de Châteauville est cependant assez fameux dans l'histoire.

DELCOUR.

C'est juste!.., Châteauville!... un beau nom... dont je me glorifie...

DURONCIN.

Je le crois bien!... après le nom de Duroncin, qui remonte jusqu'au roi Dagobert...

MARTINEAU *(interrompant)*.

Eh bien donc, Monsieur, voulez-vous me faire l'honneur d'accepter une chambre chez moi.

DELCOUR *(à part)*.

Chez le commissaire!!! *(haut)*. Bien bon, Monsieur!... mais je crains d'abuser...

DURONCIN.

Ne le craignez point... n'êtes-vous pas de la famille?

MARTINEAU.

Ainsi vous êtes des nôtres, Monsieur Gustave ! C'est bien Gus-tave que vous avez dit?

DELCOUR (étourdiment).

Oui ! Gustave Del... c'est-à-dire de Châteauville.

LE BRIGADIER (à part).

Gustave !... C'est le même prénom ! voyons donc le signale-ment. (Il sort un papier de sa poche et compare le signalement avec la personne de Delcour). Voilà notre gibier !.. (Il vient sur le devant de la scène. Delcour, en l'apercevant, fait un mouve-ment de surprise que le brigadier remarque). Il se trouble !... plus de doute !... (haut à Martineau et les yeux fixés sur Del-cour). Monsieur le commissaire, en vertu du mandat décerné contre le sieur Gustave Delcour... (Mouvement de Delcour).

JULIETTE (à part).

Ciel ! il va se trahir !...

LE BRIGADIER (continuant).

Je me suis transporté en son domicile, Grande-Place, n° 20, où je n'ai pu le découvrir, malgré les perquisitions les plus exactes... Il faut donc le chercher ailleurs que chez lui.

MARTINEAU.

C'est bien, brigadier (Pendant que le brigadier parle, Delcour s'achemine, sans faire semblant de rien, vers la porte. Le briga-dier qui l'a suivi de l'œil, s'avance vers lui, et lui dit d'un ton brusque).

LE BRIGADIER.

Vos papiers, Monsieur !

JULIETTE (à part).

Il est perdu !

DELCOUR.

Vous ne les verrez pas !... je suis cousin de Monsieur le comte Duroncin, je me réclame de lui !...

DURONCIN (*avec importance*).

Brigadier, Monsieur est mon parent, je le protége!...

LE BRIGADIER.

Pardon, Monsieur le comte!... mais le connaissez-vous depuis longtemps?

DURONCIN.

D'aujourd'hui seulement.

LE BRIGADIER.

Alors permettez-moi de douter de la parenté... Monsieur s'appelle Gustave Delcour, et je suis chargé de l'arrêter.

MARTINEAU (*très-étonné*).

Ah bah ! ! !

DELCOUR (*au brigadier*).

Moi, Gustave Delcour?... y pensez-vous?... serais-je ici?... chez le commissaire même?... C'est absurde !

DURONCIN.

En effet, la place serait mal choisie. (*Au brigadier.*) Je vous répète que Monsieur est mon cousin, qu'il se nomme de Château-ville et qu'il arrive à l'instant de Paris.

LE BRIGADIER.

C'est possible!... mais, dans ce cas, il a un passeport; qu'il le montre, et je me retire.

DURONCIN (*à Delcour*).

Au fait, il a raison!... allons, exécutez-vous et finissons-en !

SCÈNE VII.

LES MÊMES, ANGÉLIQUE.

ANGÉLIQUE.

Eh ! bonjour, Monsieur Delcour !

DELCOUR (*à part*).

Vieille bavarde, va !

MARTINEAU.

C'est lui!... je m'en doutais.

LE BRIGADIER.

J'en étais sûr.

DURONCIN (à Delcour).

Delcour!... vous n'êtes donc pas?...

JULIETTE (à part).

Ma tante a tout perdu!

MARTINEAU.

Brigadier, empoignez-moi cet homme-là!...

DELCOUR (au brigadier).

Ne me touchez pas!... je suis prêt à vous suivre.

ENSEMBLE.

AIR : *Charmelle.*

DELCOUR.

Tomber chez le commissaire,
Ah! c'est jouer de malheur!
Et pour achever l'affaire
Etre connu de la sœur!

MARTINEAU.

Oser chez un commissaire
S'introduire! quelle horreur!
Par bonheur pour notre affaire.
Il est connu de ma sœur.

DURONCIN.

Oser chez un commissaire
S'introduire! quelle horreur!
Par malheur pour son affaire
Il est connu de la sœur.

LE BRIGADIER.

Venir chez le commissaire !
C'est le tour d'un vieux farceur :
Il se fût tiré d'affaire
Sans le babil de la sœur.

JULIETTE.

Un seul mot de vous, ma tante,
A perdu Monsieur Delcour !
Votre parole imprudente.....

ANGELIQUE (très-étonnée).

Mais je n'ai dit que bonjour !

REPRISE DE L'ENSEMBLE.

(Delcour et le brigadier sortent par la droite, Juliette et Angélique par la gauche).

SCÉNE VIII.

DUBONCIN , MARTINEAU.

DURONCIN.

Comment!... le meurtrier du jeune Davrigny se trouve chez
vous, qui avez ordre de l'arrêter !...

MARTINEAU.

Je m'y perds !

DURONCIN.

C'est étrange !... Ne serait-ce pas Juliette qui l'aurait intro-
duit ?

MARTINEAU.

Y pensez-vous, Monsieur le comte?... la fille d'un fonctionnaire
public !!!

DURONCIN.

Fonctionnaire public tant qu'il vous plaira !... mais on a vu des filles, et même des femmes de fonctionnaires publics...

MARTINEAU.

Assez, Monsieur le comte !... voudriez-vous m'insulter ?...

DURONCIN.

Non, sans doute !... mais je crois qu'il serait prudent de presser la cérémonie.

MARTINEAU.

Si cela vous arrange, à demain la noce.

DURONCIN.

C'est cela, à demain !... Je vous quitte pour hâter les préparatifs (*Il sort*).

SCÈNE IX.

MARTINEAU *(seul).*

Tout ceci est bien étrange, en effet !... Comment donc ! je suis chargé d'arrêter Monsieur Delcour, accusé d'homicide volontaire..... je le fais chercher partout inutilement..... et quand je désespère de l'atteindre, je le trouve dans ma propre maison et en tête-à-tête avec ma propre fille ! ! voilà qui dépasse toutes mes prévisions d'homme public !

(AIR : *Amis voici la riante semaine.)*

Jusqu'à ce jour, quand d'un juge équitable
On obtenait un bon mandat d'arrêt,
Le prévenu, qu'il fût ou non coupable,
Etait fort leste à jouer du jarret :
Mais aujourd'hui tout a changé de mode ;
Pour nos agents le métier sera doux,
Car l'accusé, ma foi ! c'est plus commode,
S'en vient chercher les gendarmes chez nous.

Il n'y a que Juliette qui puisse m'expliquer cela... Allons nous éclaircir. (*Au moment de sortir il se rencontre face à face avec Delcour qui entre vivement*).

SCÈNE X.

DELCOUR, MARTINEAU.

MARTINEAU.

Monsieur Delcour !!!

DELCOUR (*gaîment*).

Moi-même.

MARTINEAU.

Comment donc !... et la prison ?

DELCOUR.

J'en sors.

MARTINEAU.

Et les gendarmes ?

DELCOUR.

Enfoncés.

MARTINEAU.

Et le jeune homme que vous avez tué ?

DELCOUR.

Il se porte à merveille.

MARTINEAU (*à part*).

Ah ça ! est-ce que la frayeur lui aurait.... (*Il fait un geste pour désigner la folie*).

DELCOUR.

Ça vous étonne, papa Martineau ?

MARTINEAU.

Comprends pas.

DELCOUR.

C'est facile pourtant.... à peine arrivé à la prison, l'ordre est venu de me mettre en liberté.

MARTINEAU (*très-étonné*).

Ah bah ! quel motif ?...

DELCOUR.

Le jeune homme à qui j'avais donné un si bon coup d'épée, n'a pas été si sot d'en mourir.... il est aujourd'hui sur pied... et les parents se sont désistés.... voilà !

MARTINEAU.

Allons, tant mieux pour vous !. . cela pouvait finir plus mal... Maintenant nous avons un petit compte à régler ensemble.

DELCOUR.

Ah ! oui !... le quiproquo de tantôt.... je vous expliquerai cela.... mais auparavant, permettez-moi de vous adresser une question.

MARTINEAU.

Interroger un commissaire !... ce n'est guère l'usage.

DELCOUR.

Mademoiselle votre fille est-elle engagée irrévocablement ?

MARTINEAU.

Le contrat n'est pas signé.

DELCOUR.

Eh bien! croyez-moi, ne le signez pas.

MARTINEAU (*étonné*).

Ah bah !!!

DELCOUR.

Je vous offre pour votre fille un parti beaucoup plus avantageux.

MARTINEAU.

Mais ma parole...

DELCOUR.

Écoutez-moi donc !... Monsieur Duroncin est vieux et laid... le gendre que je vous propose est jeune et... et pas mal !... Monsieur Duroncin a vingt mille francs de rente... l'autre en a quarante mille.... enfin, M. Duroncin déplaît à Juliette.... et l'autre. .. je suis trop modeste pour achever.

MARTINEAU.

Ah bah!!!.. vous avez une si belle fortune, Monsieur Delcour?

DELCOUR.

Et avec cela, un oncle célibataire, octogénaire et millionnaire!!!

MARTINEAU.

Excellent oncle!... vous dites millionnaire?

DELCOUR.

Et octogénaire!

MARTINEAU.

Et célibataire!

DELCOUR.

Allons, papa Martineau! laissez-vous toucher! j'épouse votre fille, vous jetez l'écharpe aux orties, et vivez en commissaire amateur.

MARTINEAU.

Quel tableau attendrissant!... vous dites quarante mille francs de rente?

DELCOUR.

Sans compter l'oncle octogénaire et.....

MARTINEAU.

C'est bien, mon cher Delcour!... je suis touché de votre excellent cœur. *(Il lui tend la main)*. Juliette est à vous!

DELCOUR *(exalté)*.

Ah! Monsieur!.... ah! mon cher beau-père!.... comment vous exprimer!... Oh! je ne sais plus où j'en suis!... *(Il saute au cou de Martineau)*.

MARTINEAU.

Doucement, mon gendre!... parce qu'on épouse la fille, ce ce n'est pas une raison pour étouffer le père.

DELCOUR.

Je cours annoncer mon bonheur à ma famille, et je reviens tout de suite. (*Il sort en courant, et heurte involontairement Duroncin qui entre, et que la violence du choc fait pirouetter*).

SCÈNE XI.

DURONCIN, MARTINEAU.

DURONCIN.

Au diable l'étourdi !... faire pirouetter la fleur de la noblesse !... (*à Martineau*). Eh bien ! grâce à mon activité, tout sera prêt demain, papa Martineau !

MARTINEAU (*froidement*).

Vous êtes bien pressé, Monsieur le comte !

DURONCIN.

Sans doute, je le suis.

MARTINEAU.

Vous avez tort.... tout le monde ne l'est pas autant.

DURONCIN.

Tout le monde !... Quel monde ?... Que voulez-vous dire ?

MARTINEAU.

Que Juliette ne veut plus épouser un homme qui a pu douter de sa vertu.

DURONCIN.

Comment diable ! elle ne veut plus !... et vous souffrirez qu'un caprice de jeune fille rompe une alliance si convenable ?

MARTINEAU.

Ecoutez donc, Monsieur le comte !... je ne suis pas un tyran.

DUONCIN.

Un mariage arrêté !

MARTINEAU.

On en rompt de plus avancés.

DURONCIN.

Tontes les formalités faites !

MARTINEAU.

On les défera.

DURONCIN.

Le dîner commandé !

MARTINEAU.

D'autres le mangeront.

DURONCIN (*furieux*).

Ah ça! M. le commissaire! pour qui me prenez-vous ?... savez-vous, corbleu ! qu'un de mes ancêtres a figuré...

MARTINEAU.

A la cour du roi Dagobert... je sais cela par cœur.

DURONCIN (*toujours plus furieux*).

Eh bien ! monsieur, si vous le savez... pourquoi oubliez-vous le respect que vous devez à mon illustre origine.

MARTINEAU.

Puisque vous le prenez sur ce ton, M. le gentilhomme du roi Dagobert, je vous déclare que la main de Mlle Martineau n'est pas pour vous!... soupçonner la fille d'un fonctionnaire public ! ! !... (*Il sort par la porte à droite, en feignant une grande colère. — Fricoteau entre par la porte à gauche*).

SCÈNE XII.

DURONCIN , FRICOTEAU.

FRICOTEAU (*Le bonnet à la main*).

Monsieur le comte, vous serez content de moi !... vous aurez des charlottes, des compotes, des matelotes...

DURONCIN (*l'interrompant avec violence*).

Va-t-en au diable, toi, tes charlottes, tes compotes et tes matelotes !... (*Fricoteau recule d'étonnement en enfonçant son bonnet*).

FRICOTEAU.

Qu'est-ce à dire, monsieur le comte?

DURONCIN (*furieux*).

Que mon mariage est rompu, que je ne veux plus de ton dîner, et que tu peux bien le manger toi-même !... (*Il sort*).

SCÈNE XIII.

FRICOTEAU (*seul*).

Le manger moi-même !... quarante couverts ! !!... me voilà joli garçon maintenant, avec un repas de noce sur les bras !... que diable s'est-il donc passé pendant que j'avais la main à la pâte?... Il paraît que je n'étais pas le seul à faire des boulettes ! Je parie que M. le comte aura parlé encore à sa future de Monsieur Dagobert... quelque autre vieux comme lui... et ça aura fini par *déguster* mamzelle Juliette... qu'est jeune et fraîche... et appétissante comme un blanc-manger!... et voilà que les bêtises de ces vieux me retombent dessus, et que je reste en plan avec mes dindons, mes oies et mes canards!... (*Delcour entre en ce moment et s'arrête au fond*). Oh! quand j'y pense, ça me met dans une fureur!... (*Il jette son bonnet à terre et le ramasse*). Dans une rage! (*même jeu*). Dans une frénésie (*même jeu*).

SCÈNE XIV.

DELCOUR , FRICOTEAU.

DELCOUR.

Que t'a donc fait ce pauvre bonnet?

FRICOTEAU.

Ah! pardon, M. Delcour !... mais je suis en ébullition.

DELCOUR.

Pourquoi cela ?

FRICOTEAU (du ton le plus tragique).

Comment , monsieur !.... on me commande un repas à vingt francs par tête... on veut du succulent, du distingué... du.... numéro un enfin ! Je mets les fers au feu , et mon esprit à la torture... j'invente des coulis... j'imagine des sauces... je souffle des beignets... je feuillette des tourtes... et quand tout est en train... quand la broche tourne... quand je suis en nage · devant mes fourneaux, on se moque de mes sueurs. . On m'envoie au diable , moi et mon dîner... on n'en veut plus... on me dit de le manger moi-même !... Ah ! Monsieur Delcour ! comprenez-vous toute ma douleur ?

DELCOUR.

Je veux t'en consoler.

FRICOTEAU.

Impossible !... un dîner si flambant !

DELCOUR.

Je le garde pour mon compte.

FRICOTEAU.

Vous dites ?...

DELCOUR.

Que tu peux nous le servir demain , chez le papa Martineau.... j'épouse sa fille.

FRICOTEAU (avec explosion).

Dieu des brioches !!!... Tenez Monsieur Delcour , v'là une belle action ... Elle vous portera bonheur. Au fait , vaut mieux - que ce soit vous qui mangiez le dîner avec mam'zelle Julliette... (criant) à bas les vieux !. . à bas les perruques !... à bas les ganaches !... et vive la jeune France ! ça vous a un appétit !... justement voici votre jolie future.

SCÈNE XV.

ANGÉLIQUE , JULIETTE , MARTINEAU , DELCOUR , puis
un domestique.

DELCOUR (*baise la main de Juliette*).

Ma Juliette ! ! !

JULIETTE.

Oh ! que je suis heureuse !!!...

FRICOTEAU.

Quel feu !... ça me rappelle quand je faisais la cour à Madame Fricoteau.

ANGÉLIQUE

Ah ! Monsieur Delcour ! que d'excuses ne vous dois-je pas !

DELCOUR.

N'en parlons plus... Je suis le plus heureux des hommes !...
(*entre un domestique portant une lettre*).

LE DOMESTIQUE.

Une lettre pour M. Gustave Delcour.

DELCOUR.

C'est bon , donne ! (*Le domestique remet la lettre et sort. Delcour la décachète , regarde la signature et dit :*) C'est de mon
homme d'affaires... nous verrons cela plus tard.

MARTINEAU.

Non , non , lisez, mon gendre !... les affaires avant tout.

DELCOUR.

Puisque vous le permettez... *(Il ouvre la lettre et la lit à voix
basse).*

MARTINEAU.

Ce serait drôle si vous vous gêniez avec nous. (*A peine Belcour a-t-il lu les premières lignes de la lettre , qu'il donne des
marques de surprise et de désespoir ; Martineau , qui le voit
chanceler , s'approche*).

MARTINEAU.

Qu'avez-vous, Gustave ?

DELCOUR (*tombant dans les bras de Martineau*).

O mon Dieu !!! (*On s'empresse autour de Delcour, on l'assied sur un fauteuil. Pendant ce temps, Martineau ramasse la lettre, que Delcour a laissé tomber, et vient la lire à part sur le devant de la scène*).

MARTINEAU (*lisant à demi-voix*).

Monsieur. — C'est avec la plus profonde douleur que je vous apprends la faillite du banquier chez qui tous vos fonds étaient placés... (*A part.*) Grand Dieu ! il est ruiné !!! (*Il parcourt rapidement la lettre, réfléchit un instant, et dit à Angélique :*) Ma sœur, emmenez Juliette... j'ai besoin d'être seul avec Monsieur. (*Angélique et Juliette sortent, en donnant des signes d'inquiétude. Fricoteau feint de s'en aller et s'arrête près de la porte*).

SCÈNE XVI.

DELCOUR, MARTINEAU, FRICOTEAU (*dans le fond*).

DELCOUR (*se levant*).

Maintenant, Monsieur, prononcez sur mon sort.

MARTINEAU (*avec humeur*).

Prononcez !... prononcez !... c'est facile quand on reçoit une tuile de ce calibre.

DELCOUR.

Du moins, vous rendrez justice à ma délicatesse, à ma probité.

MARTINEAU.

Oui, oui ! la probité, la délicatesse !... c'est une monnaie dont les fripons ne sont pas friands, et que les banqueroutiers ne vous enlèveront point... Mais, bon Dieu ! huit cent mille francs !

DELCOUR.

J'attends votre décision.

MARTINEAU.

Eh morbleu! Monsieur!... mettez-vous à ma place, et prononcez vous-même.

DELCOUR (*avec dignité*),

Adieu, Monsieur!... je pars pour Paris. (*Il sort.*)

SCÈNE XVII.

MARTINEAU. FRICOTEAU (*dans le fond*).

MARTINEAU.

Sont-ils étonnants ces jeunes gens avec leur amour!... L'amour... l'amour... l'amour ne donne pas de quoi dîner.

FRICOTEAU (*s'approchant*).

Oh! pour ça, c'est vrai!

MARTINEAU.

Tu étais là, Fricoteau?

FRICOTEAU.

Oui, Monsieur, j'étais là!... anéanti, comme vous, de notre malheur.

MARTINEAU.

Notre malheur?... En quoi te touche-t-il?

FRICOTEAU.

En quoi?... et le repas de noce qui va se trouver sans consommateurs!...

MARTINEAU.

Peut-être, Fricoteau!...

FRICOTEAU.

Vous dites?...

MARTINEAU.

Ecoute, Fricoteau!.. Tu as été employé au ministère?

FRICOTEAU.

Oui!... dans les cuisines.

MARTINEAU.

Tu sais que lorsque le Gouvernement veut faire la paix avec un de ses voisins, il lui envoie un plénipotentiaire.

FRICOTEAU.

C'est ce que nous appelions, dans les basses offices, de la diplo.. de la diplo....

MARTINEAU.

De la diplomatie.

FRICOTEAU.

C'est ça !

MARTINEAU.

Eh bien ! nous allons en faire aujourd'hui, et tu seras mon plénipotentiaire auprès de M. le comte Duroncin.

FRICOTEAU (plaçant son bonnet sur l'oreille).

Vous allez voir, **M.** le commissaire, si je ne suis pas un bon automate.

MARTINEAU.

Tu veux dire diplomate.

FRICOTEAU.

C'est la même chose.

AIR : *Les Anguilles de Mazaniello.*

D'automate à diplomate,
La différence, ma foi !
N'est pas grande, et je me flatte
De le fair' toucher au doigt :
Car dans les marionnettes
Si nous rangeons les premiers,
Nous serions par trop honnêtes
D' n'y pas mettre les derniers.

Je m'en vas embabouiner M. le Comte de telle façon qu'il faudra bien qu'il épouse mon dîner et qu'il mange votre fille... c'est-à-dire, au contraire....

MARTINEAU (*riant*).

J'entends...., Eh bien! va donc au plus tôt entamer les négociations.

FRICOTEAU.

J'y cours!.... (*Il va pour sortir et revient sur ses pas.*) Mais à propos, que lui dirai-je?

MARTINEAU.

Dis-lui que je suis très-vif, mais qu'au fond je n'ai pas entendu rompre... que je suis toujours très-flatté... très-honoré... très... et cœtera.. et cœtera...

FRICOTEAU.

Et cœtera, et cœtera, et cœtera... c'est ça, c'est ça!

MARTINEAU.

Tu comprends?

FRICOTEAU.

Parfaitement!... Soyez tranquille, je vas vous le rendre doux comme une gelée au sucre. (*Il sort.*)

SCÈNE XVIII.

MARTINEAU, ANGÉLIQUE.

ANGÉLIQUE.

Eh bien! mon frère?

MARTINEAU.

Eh bien! ma sœur?

ANGÉLIQUE.

Et Monsieur Delcour?

MARTINEAU.

Il est parti.

ANGÉLIQUE.

Et où est-il allé?

MARTINEAU.

Où il avait affaire sans doute.

ANGÉLIQUE.

Et le mariage ?

MARTINEAU.

Il n'est pas encore fait.

ANGÉLIQUE.

Mais se fera-t-il?

MARTINEAU.

Je n'en crois rien.

ANGÉLIQUE.

Vous avez donc rompu, mon frère ?

MARTINEAU.

Apparemment, ma sœur.

ANGÉLIQUE.

Pauvre Juliette ! Quel malheur pour elle !

MARTINEAU.

Au contraire, elle devrait se féliciter....

ANGÉLIQUE.

De perdre celui qu'elle aime ?

MARTINEAU.

D'échapper à la misère.

ANGÉLIQUE.

Il est donc ruiné?

MARTINEAU.

Parbleu ! ma sœur ! J'ai envie de vous faire nommer juge d'instruction.

ANGÉLIQUE.

Pourquoi cela ?

MARTINEAU.

Vous procéderiez admirablement à l'interrogatoire des accusés ! Tudieu ! quelle questionneuse !...

ANGÉLIQUE.

Ecoutez donc ! pour savoir, il faut demander.

MARTINEAU.

C'est assez vrai.

ANGÉLIQUE.

Vous faites des mystères de tout !... Pour moi, à la place de Juliette, si vous vouliez me donner un autre époux que celui de mon choix, je vous désobéirais.

MARTINEAU.

Cela prouve qu'on fait des sottises à tout âge.

ANGÉLIQUE.

Vous êtes aimable !

MARTINEAU.

Ce n'est pas mon état !.. Mais voici Fricoteau et Monsieur le Comte.. Pour Dieu ! ma sœur, retenez votre langue !

ANGÉLIQUE.

J'aime mieux m'en aller. (*Elle sort.*)

SCÈNE XIX.

DURONCIN, MARTINEAU, FRICOTEAU.

DURONCIN (*ayant l'air de ne pas vouloir entrer*).

Vraiment, Fricoteau, ce n'est que pour te faire plaisir....

MARTINEAU (*avec hypocrisie.*)

Ah ! M. le comte ! que je suis heureux de vous revoir !... Un homme de votre qualité, un seigneur que la voix publique appelle généreux et magnanime, n'oubliera-t-il pas un mouvement de vivacité, bien pardonnable dans un père ?

DURONCIN (*emphatiquement*).

Puisque vous reconnaissez vos torts, je veux bien les oublier ! Depuis Dagobert, les Duroncin sont renommés pour leur noble caractère, et je ne démentirai pas le sang de mes illustres aïeux ! Touchez-là, je vous pardonne !... dans deux jours votre fille sera comtesse.

MARTINEAU.

Quel honneur pour notre famille !

FRICOTEAU (*à part*).

Et quel bonheur pour mon dîner.

SCÈNE XX.

LES PRÉCÈDENTS , JULIETTE.

DURONCIN.

Que je suis heureux , Mademoiselle , de pouvoir mettre de nouveau à vos pieds mon nom, ma fortune , mon blason et mon cœur.

MARTINEAU.

Oui ! ma fille, M. le Comte veut bien oublier mes torts et nous honorer de son alliance.

JULIETTE (*avec fermeté*).

Très-sensible à l'honneur que nous fait M. le Comte... mais je dois m'y refuser.

MARTINEAU (*très-étonné*).

Ah bah !!!

DURONCIN.

Qu'entends-je !

FRICOTEAU.

Aïe , aïe ! mon pauvre dîner !

MARTINEAU (*sévèrement*).

Mademoiselle ; c'est trop abuser de ma bonté : j'ai donné ma parole à M. le Comte , et vous l'épouserez ou vous direz pourquoi.

DURONCIN.

Bravo !... Soyez ferme , papa Martineau !

MARTINEAU.

Vous allez voir ;

SCÈNE XXI.

LES PRÉCÉDENTS, RONDELET.

RONDELET.

Monsieur Martineau ?

MARTINEAU.

C'est moi, Monsieur.

RONDELET.

Je voudrais vous parler en particulier.

MARTINEAU.

Vous permettez, M. le comte ?...

DURONCIN.

A vos affaires, mon cher!... je vais faire un tour au jardin avec Fricoteau.

MARTINEAU.

Mille pardons, M. le Comte! (*Duroncin et Fricoteau sortent par la porte du fond... Juliette sort par une porte latérale*).

SCÈNE XXIIme

MARTINEAU, RONDELET.

RONDELET.

Monsieur, je suis Rondelet, homme d'affaire de M. Gustave Delcour. J'arrive de Paris, et me suis rendu directement chez lui, où l'on m'a dit qu'il passait presque toute la journée auprès de vous, Monsieur, dont il doit épouser la fille.

MARTINEAU.

C'était vrai il y a un quart d'heure... mais depuis le malheur arrivé à M. Delcour...

RONDELET.

Que dites-vous ?... il lui est arrivé un malheur ?

MARTINEAU.

Vous devez le savoir mieux que personne, puisque vous le lui avez annoncé.

RONDELET.

Moi ?... et que lui ai-je annoncé ?

MARTINEAU.

Qu'il est ruiné !

RONDELET.

Ruiné !!!

MARTINEAU.

De fond en comble !

RONDELET.

Ce serait d'autant plus fâcheux que je venais lui proposer l'acquisition d'une fort belle terre : ainsi vous me permettrez de douter de la nouvelle.

MARTINEAU.

Comment ! après la lettre que vous lui avez écrite ?

RONDLET.

Vous seriez en peine de la montrer.

MARTINEAU.

Pas le moins du monde, car je l'ai sur moi... (*Il cherche un moment sans la trouver*). Comment diable !...

RONDELET.

J'en étais bien sûr.

MARTINEAU (*trouvant la lettre*).

Tenez, Monsieur l'incrédule !... lisez !

RONDELET ((*lisant*).

« C'est avec la plus profonde douleur que je vous apprends la « faillite... Ah ça ! j'étais donc somnambule ou fou ?

MARTINEAU.

Eh bien ! direz-vous encore que la nouvelle est fausse ?

RONDELET (*examinant attentivement la lettre*).

Aussi fausse que la lettre elle même !... Je dois avouer néanmoins que l'écriture et la signature ne sont pas mal contrefaites.

MARTINEAU.

Ah bah !!!

RONDELET.

Mais qui donc peut l'avoir écrite ?

MARTINEAU.

Je ne vois que M. le Comte Duroncin qui y eût intérêt.

RONDELET.

Duroncin, dites-vous ! Je m'explique à présent comment on a pu si bien imiter ma main. j'ai eu à régler avec lui une affaire d'argent; il a plusieurs lettres de moi.

MARTINEAU.

Plus de doute, c'est lui !... Ah ! M. le gentilhomme du roi Dagobert; ce sont là de vos espiégleries !... vous vouliez mettre dedans un fonctionnaire public !... Cette odieuse tentative mérite châtiment. .. mais j'entends du bruit, c'est lui sans doute.... (*à Rondelet*), cachez-vous là ! (*il lui indique un cabinet où Rondelet entre*). Je vous appellerai lorsqu'il faudra le confondre.

SCÈNE XXIII

DURONCIN, FRICOTEAU (*entrant par la porte du fond*). JULIETTE, ANGÉLIQUE (*entrant par la porte de droite*). DELCOUR *entrant par la porte de gauche..... Il est en costume de voyage*). MARTINEAU, RONDELET (*caché dans le cabinet*).

DELCOUR (*très-ému.*)

Au moment de partir, Monsieur, me permettrez-vous.... de faire mes adieux,.. à Mademoiselle votre fille ?

MARTINEAU.

Vous voulez donc nous quitter, M. Delcour !... pourquoi cela ?

DELCOUR.

Ah! Monsieur!... quelle cruelle ironie !

DURONCIN (à part).

Est-il barbare , le commissaire !

MARTINEAU.

Mais du tout.

DELCOUR.

Après ce qui m'est arrivé !

MARTINEAU.

Qu'importe !... en êtes-vous moins aimé , moins estimable ?

DELCOUR.

Ah ! Monsieur ! votre bonté me touche : mais que ferais-je ici lorsqu'il me faut renoncer à la main de votre fille ?

MARTINEAU.

Qui dit cela ?

DELCOUR (étonné).

Comment ! ! !

JULIETTE (à part.)

Qu'entends-je ?

ANGÉLIQUE (à part).

Que signifie !...

DURONCIN (à part).

Qu'est-ce à dire !

DELCOUR.

Quoi ! vous consentiriez.... vous seriez disposé ?...

MARTINEAU (riant).

Il est bon là !... ne suis-je pas toujours disposé à faire plaisir à un brave garçon... que l'on recherche.... que l'on aime.... (à part) et qui n'est pas ruiné !

DELCOUR.

Pardon, Monsieur, mais je ne vous comprends pas.

MARTINEAU.

Je dis , mon gendre , que vous pouvez ôter votre habit de voyage : on ne quitte pas sa future la veille des noces.

DELCOUR.

Le mariage n'est donc pas rompu ?

MARTINEAU.

Eh non ! mon gendre !.... voilà un quart-d'heure que je me tue à vous le dire.

DELCOUR.

Juliette !... est-il bien vrai ?.... (*Il lui baise les mains avec transport*). Oh ' je suis trop heureux !.

DURONCIN.

Un moment , jeune homme !... Avant de vous livrer à des transports intempestifs, une explication est nécessaire. (*A Martineau d'un ton impérieux.*) A quoi pensez-vous donc, Monsieur le Commissaire ?

MARTINEAU.

Je pense à l'article 150 du Code pénal.... Connaissez-vous cet article , **M**. le comte ?

DURONCIN.

Pas le moins du monde.

MARTINEAU.

Voici ce qu'il dit : « Tout individu qui aura commis un faux en écriture privée , par contrefaçon ou altération d'écritures ou de signatures , sera puni de la réclusion. » Comprenez-vous , maintenant ?

DURONCIN (*troublé*).

Un peu moins qu'auparavant,

MARTINEAU.

Ah! vous avez l'intelligence dure , M. le Comte ! Eh bien ! nous serons clair. (*Il sort de sa poche la lettre adressée à Delcour*).

Voici une lettre signée Rondelet, qui annonce a M. Delcour la perte de toute sa fortune. Or, nous venons de constater que cette lettre et cette signature sont fausses. (*Mouvement de Duroncin.*)

DELCOUR.

Que dites-vous ?... Serais-je assez heureux ?...

MARTINEAU.

Laissez-moi achever, M. Delcour.

DURONCIN (*interrompant*).

Eh bien ! que m'importe à moi ?

MARTINEAU.

Il vous importe tellement, que c'est vous que l'on accuse de l'avoir écrite.

DURONCIN.

Quelle calomnie !... Du reste, avant de m'accuser, il faut prouver que la lettre est fausse.

MARTINEAU.

Rien de plus facile... et voici un témoin que vous ne récuserez pas. (*Il ouvre la porte du cabinet et fait entrer Rondelet.*)

DELCOUR.

Rondelet !!! toi ici ?

RONDELET.

Moi-même, M. Gustave.

DURONCIN (*à part*).

Diable ! me voilà pris.

DELCOUR (*à Rondelet.*)

Cette fatale lettre n'est donc pas de toi ?

RONDELET.

Mais non, Monsieur !... jamais votre fortune n'a été dans un plus brillant état.

DELCOUR.

Tu me rends la vie !.. (*à Duroncin.*) Comment, Monsieur ! vous avez osé?...

DURONCIN.

Et qui vous dit que c'est moi, Monsieur ?

MARTINEAU.

Tout le démontre, M. le Comte!... Il y a contre vous des preuves morales et des preuves matérielles : vous seul aviez intérêt à évincer un rival jeune et riche ; vous seul avez pu contrefaire la signature de M. Rondelet, puisque vous seul, à Arras, possédez de ses lettres. — Enfin, cette lettre, datée de Paris, ne porte pas le timbre de la poste, et nous a été remise par un valet. — Y a-t-il rien de plus clair ?

DURONCIN.

Il y a quelque chose de plus clair encore : c'est que vous ne méritez pas l'honneur que je voulais vous faire en entrant dans votre famille.

FRICOTEAU.

Ça me rappelle que M. le Comte me disait : Laisse faire, Fricoteau ! je vas leur jouer un fameux tour !...

DURONCIN.

Tu quoque ! Fricoteau !

FRICOTEAU.

Je ne comprends pas l'allemand, M. le Comte !

DURONCIN.

Allez, vous êtes tous des ingrats, et je vous prive à jamais de ma présence. (*Il sort.*)

MARTINEAU.

Je crois, en effet, qu'il n'aura pas envie de revenir : le Code pénal lui a fait peur.

FRICOTEAU.

Pour le coup, M. Delcour, c'est bien vous qui mangerez mon dîner.

VAUDEVILLE FINAL.

MARTINEAU (au public).

AIR : *De Lantara.*

De ma tendresse intéressée,
Ah! Messieurs, ne me blâmez point ;
Du siècle elle peint la pensée,
Chacun est d'accord sur ce point.
Croyez-en mon expérience ;
Oui, de nos jours où tout se vend,
Amour, louanges, conscience,
Sont à l'enchère au plus offrant.

CHŒUR.

Amour, louanges, conscience,
Sont à l'enchère au plus offrant.

DELCOUR.

Qu'un amoureux sexagénaire
Trouve un rival adolescent,
Le vieillard n'a rien autre à faire
Qu'à rengaîner son compliment ;
Il ne faut pas qu'il s'en étonne;
Toute jeune fille comprend
Qu'en amour celui qui grisonne,
Ne peut être le plus offrant.

CHŒUR.

En amour celui qui grisonne
Ne peut être le plus offrant.

FRICOTEAU.

Quand mes confrères en cuisine
Vous vantent leurs dîners flambants,
Ne vous prenez point à la mine,
Méfiez-vous des charlatans :

Tous ces *puffs*, moi je les dédaigne
Et je vous dirai seulement :
Souvenez-vous de mon enseigne
Et revenez au plus offrant.

CHOEUR.

Souvenez-vous de notre enseigne
Et revenez au plus offrant.

JULIETTE.

Saisi d'une frayeur secrète
Et modeste dans son effroi,
Le père de cette bluette
En son mérite a peu de foi :
Ecartant ces tristes présages,
Vous, Messieurs, en applaudissant,
Apprenez-lui que vos suffrages
Sont réservés au plus offrant.

CHOEUR.

Apprenez-nous que vos suffrages
Sont réservés au plus offrant.

NOTE. — Au théâtre, le vaudeville final a été supprimé, sauf le dernier couplet chanté par Juliette.

28